U0053194

聖摩爾的
黃昏

————胡爾泰詩集

à
Camille CHEN

永恆與剎那的辯證：
《聖摩爾的黃昏》中的「安琪拉」意象

劉建基

　　胡爾泰教授兼具史學睿智與文學才華，乃學院中少數能左手寫現代詩，右手寫史學文章的能手。自第一本詩集《翡冷翠的秋晨》（2000）出版後，胡爾泰筆耕不輟，陸續出版了《香格里拉》（2007）、《白色的回憶》（2010）。胡爾泰素有詩壇「文字遊俠」之稱譽，詩集中常以歷史傷痕、鄉土情懷、逍遙狂想、樂園意識、美感追尋、異國旅遊為主，表現出深厚的歷史感與人文關懷。對胡爾泰而言，詩作為一種寫作類型，不僅是一種自然情感的抒發與流露，更負載詩人的幽微思維與創作理念。《聖摩爾的黃昏》（2013）即將出版問世，這本詩集除了延續前述詩作主題外，亦藉由美麗女子形象，一方面呈現詩人對美的精神信仰及對「永恆／剎那」（Eternal / Ephemeral） 議題的辯證性省思，另一方面展現詩人對詩本身的「後設思考」──以詩的形式來省思詩本身文字之「再現」議題，以及詩人構思／構詩過程中的困境。

　　在前幾本詩集中，胡爾泰往往以美麗女子形象譬喻人們心目中的理想樂園或永恆之善、永恆之美。在《聖摩爾的黃昏》，詩人更進一步以「安琪拉」的美麗女子形象融入「模擬／再現」（Mimesis / Representation）及「永恆／瞬間」之文學、哲學思辯議題。詩集第二輯「天使：不存在的存在」中，

幾首關於安琪拉與天使的詩，頗值得讀者細細品味。安琪拉是Angel（a）的音譯，在詩中同時兼具基督教中「天使」與希臘神話中「繆斯女神」（Muse）的意涵。在〈我的安琪拉〉一詩中，安琪拉是「智慧的天使」，代表「純粹的善」，也「將詩文的奧祕傳到人間」。正如《神曲》中引領但丁（Dante）進入天堂的貝德麗絲（Beatrice），安琪拉在精神上與藝術上引領詩人進入天堂的「九重天」國度：「哦　安琪拉／妳是神的慈悲／當最後審判日來臨的時候／請引領我多情的靈魂到金星天安住／哦　我的安琪拉」。在《神曲》中，金星天是以愛神維納斯（Venus）命名，而在胡爾泰詩中，金星天是多情靈魂最後的歸所。

在〈再見安琪拉〉一詩中，「再見」有兩層意涵，其一是重逢之意，其二是道別之意。詩人再見安琪拉，其「天使迷人的笑靨／釋放了久錮的精靈／在詩國裡逡巡……」，使詩人獲得靈感。詩人對安琪拉道別時說：「即使妳絕裾而去／即使妳再度禁錮詩靈／我也不會與魔鬼簽任何協定」。安琪拉對詩人而言猶如女神，即使詩人在安琪拉遠去後失去創作靈感，安琪拉仍在詩人心中，因為她已成為詩人的精神信仰。

在〈安琪拉致詩人〉中，讀者可以看到永恆與剎那的辯證。安琪拉一方面代表永恆之善與永恆之美，另一方面卻也如其對詩人所言「我是風／我是一道光／我是一個夢／我是水中的月／我是秋鏡的玫瑰」。就如波特萊爾（Baudelaire）在《現代生活的畫家》所言，永恆之美是在剎那即逝的事物中體現，畫家表現的是「瞬間事物所微指的永恆」——"ce qu'elle（la circonstance）suggère d'éternel"。安琪拉之善美表現在

風、光、夢與鏡花之中，而詩人能在這些稍縱即逝的事物中捕捉永恆之善美：「能在虛幻中看到實體／能在雲煙中塑造模型／能在剎那中抓住永恆」。

然而，在上述〈安琪拉致詩人〉中，儘管詩人能在塵世事物中照見永恆，並以文字「再現」永恆之善美，但永恆之善美不存於文字中，也不存於眼前的景象，是以安琪拉對詩人言道：「請聽天使的聲音／請聽那來自雲端的聲音／請聽那夢絃撥動的聲音／那時間之輪走過的轔轔聲」。此詩化用柏拉圖（Plato）《理想國》的典故，真正的美存於理型的世界，「美」（Beauty）的理型反映在世間事物，而詩人所呈現的事物之美是對「美」之理型的二度模仿。安琪拉要詩人不要耽溺於文字之美，世間事物之美，而須遙望天上，在精神上追尋永恆之美。〈安琪拉致詩人〉觸及藝術作品的「模擬／再現」議題，探索語言與圖像的「真實再現」關係，展現了「以詩論詩」的後設思考與創作手法。

在〈天使的畫像〉中，胡爾泰藉由畫家繪畫構圖的困境，譬喻詩人構詩／構思過程中的困境：「脫掉高更的帽子／拋開塞尚立體的筆／畫家在畫室裡來回踱步／思索著　風格是超越還是枷鎖／怎樣才能摹寫天使的真／一種不存在的存在」。這種對藝術作品所「再現」的「真」不斷的扣問，以及刻意顯露創作的焦慮與寫作的姿態，讓讀者一窺《聖摩爾的黃昏》中「以詩論詩」的後設美學，對詩的文類提供新的閱讀視域。

二〇一三年四月廿日
於美國杜克大學亞太研究所研究室

【序論】
從古典化裁序論新詩集《聖摩爾的黃昏》

吳明興

前言：「神諭」的應答

　　胡教授在第一部新詩集〈翡冷翠的秋晨・自序〉中，一下筆便自敘說：「每寫一首詩，是心靈的一次冒險，一次淬煉。」[1]心靈的冒險既是對平凡生活的超離，也是對庸碌生活有意識的超克，因此，逸出凡庸生活藩籬的詩性創造活動，便不斷以對境移情的冒險方式，以迭經衝創椎擊時所迸裂出來的火花，閃爍著絕後再甦的精神幽光。然而，啟動移情冒險與衝創椎擊的機制，恰是主體意識與客體境界神遇的耦合，更是主觀意願與客觀真實，通過想像的心理機轉所共構的藝術摹狀，是以胡教授在第二部新詩集〈香格里拉・自序〉中，繼續說：「寫詩祇是一種衝動，一種抒發，和對於神靈呼喚的一種回應……。」[2]這就點出了詩的創造，在本質上包涵了詩人心靈的原初衝動，是來自於潛伏在意識深處一度被馴服或規避的情感，自始以來就有突破被顯意識封存的巨大力量，因為可以以藝術創造實踐被喚醒的情感，往往不會在得不到抒發的制約之下，就以自行凋亡的方式，消失在意識的密室中，所以當它一旦獲得召喚的契機，在詩人身上便會以語言藝術的美學形式，

---

[1]　秋陽著，《翡冷翠的秋晨》，臺北，麥田出版社，2000，頁11。
[2]　胡爾泰著，《香格里拉》，臺北，萬卷樓圖書股份有限公司，2007，頁1。

迅速從被詩人一度制約的筆端，以不可抑遏的自覺之勢闖了
出來，而這也就是為甚麼胡教授在第三部新詩集〈白色的回
憶‧自序〉中，回首反顧「寫了二三十年的詩」之後，對一切
形式與情感表現的可能，卓有見地的說「都是被准許的」，
准許啃食過波特萊爾（Charles Pierre Baudelaire，1821~1867）
的詩心（Je mange mon Coeur.），在一旦能夠應答被胡教授視
為「神諭」（Oracle）的「靈感」（inspiration）相與感通的呼
喚之下，「以熾烈的情感」，與「奧妙的哲理」，與乎「欲
語還『休』」[3]的隱喻（metaphor），去野放「一顆澎湃不已
的心」[4]，那心，正是胡教授在第一部古典詩集《白日集‧自
序》中，早已揭示出來的「詩乃真性情之自然流露也」[5]。要
之，或隱喻、或象徵（Symbol），或一切「作詩」的手法，
在真性情不假造作的自然流露裡，都祇能是詩藝書寫的可能幫
襯，而非詩人生命自身的本然，以生命的本然和情感的必然本
具有生長性、轉移性、變異性與自我顯揚的動能之故，是以胡
教授繼《白色的回憶》問世僅兩年半之後，一如經常在我眼前
忍不住借境搦管即席賦詩那樣，忍不住要推出第四部新詩集
《聖摩爾的黃昏》，而這也正是對應激的「神諭」，一再應答
的詩學體現。

---

[3]　宋‧辛棄疾（1140~1207）著，鄧廣銘（1907~1998）箋注，《稼軒詞編年箋注》，
　　卷二，〈醜奴兒‧書博山道中壁〉其二，臺北，華正書局，民63，頁137。
[4]　參見胡爾泰著，《白色的回憶》，臺北，萬卷樓圖書股份有限公司，2010，頁
　　1~3。
[5]　胡其德著，《白日集》，臺北，文史哲出版社，2008，頁9。

古典的化裁

　　就時間跨度而言，《聖摩爾的黃昏》除完成於一九九九年八月的〈醉月湖之戀〉已錄入《翡冷翠的秋晨》之外，寫作時間始於二〇〇九年十二月的〈命運〉，終於二〇一三年三月的〈天使之舞〉，而主要集中在二〇一〇至一二年的三年之中。就詩人親歷的空間跨度而言，除及身而止的創作主體之外，兼及亞、歐兩大洲，凡十輯八十一首。然而，就「思接千載」[6]而言，又豈是「起心動念」[7]的「一刹那頃」[8]，乃至於區區三年的時間所能範限！就「視通萬里」[9]而言，又豈是耳目所及的尺寸之遙，與乎局促宇宙一隅的地球所能拘執！因此，就開放的詩文本書寫系統之於古典的化裁而論，可以清楚的讀出胡教授從前人的文本裡走出來時所派生的詩學隱跡，及其超文性轉換的戲擬，是深於古典詩學涵養的語體轉移與銷釋再造的成果，誠如艾略特在論證傳統與個人才具的歷史意識時，指出傳統性與時代性共同「構成一個同時並存的秩序」[10]那樣，出身於臺灣師範大學文學博士的胡教授，恰恰在古典時代文、史、哲、藝本一家的詩學基磐之上，以其不化而詩意隨境自化的方式，將其詩典情懷，以生新的篇章，自然而然的流露了出來。

6　梁・劉勰（465?~?）著，《文心雕龍注》卷六，〈神思第二十六〉云：「寂然凝慮，思接千載；悄焉動容，視通萬里」，臺北，臺灣開明書店，民62，葉1a。

7　〔摩伽陀國〕法天（?~1001）譯，《大方廣總持寶光明經》，卷第一，《大正藏》，第十冊，頁887c。

8　〔于闐國〕實叉難陀（Śiksānanda，652~710）譯，《大方廣佛華嚴經》，卷第三十一，〈十迴向品第二十五之九〉，《大正藏》，第十冊，頁167b。

9　同註6。

10　〔英〕艾略特（Thomas Stearns Eliot，1888~1965）著，杜國清（1941~）譯，《艾略特文學評論選集》，臺北，田園出版，民58，頁4~5。

化裁詩典的方法，宋代詩論家從前人的創作實踐中，總結出許多對當今新詩創作仍具有啟示價值的方法，如「翻著襪法」[11]、「奪胎換骨法」[12]、「翻案法」[13]等等，今姑置不論，但說活句。古典意象的化裁，在庸人的手裡，往往死於蹈襲陳腔的句下，所以宋代詩論家嚴羽說：「須參活句，勿參死句。」[14]又說：「及其透徹，則七縱八橫，信手拈來，頭頭是道矣。」[15]惟其須從活句悟入，「乃為當行，乃為本色」[16]，可見參得活句，纔是當行詩人的本色。然而，甚麼是活句呢？宋朝詮釋學家任淵注陳師道〈送蘇公知杭州〉詩「放麑誠不忍」句說：「此句與上句，若不相屬，而意在言外，叢林所謂活句也。」[17]意思是「意在言外」者，則為活句，否則必是死句無疑。就文論而言，這正是慧地法師劉勰「文外之重

---

[11]　黃山谷（1045~1105）〈書梵志翻著襪詩〉說：「『梵志翻著襪，人皆道是錯；乍可刺你眼，不可隱我腳。』一切眾生顛倒，類皆如此，乃知梵志是大修行人也。昔茱萸李偉，田家子爾，殺難飯其母，而以草具飯郭林宗（128~169）。林宗起拜之，因勸使就學，遂為四海名士，此翻著襪法也。」見載宋・黃庭堅著，劉琳、李勇先、王蓉貴校點，《黃庭堅全集》，第二冊，成都，四川大學出版社，2001，頁704。

[12]　寂音尊者（1071~1128）引黃山谷的話說：「詩意無窮，而人才有限。以有限之才，追無窮之意，雖淵明（365~427）、少陵（712~770）不得工也。然不易其意而造其語，謂之換骨法；規模其意而形容之，謂之奪胎法。」見載宋・釋惠洪著，《日本五山版冷齋夜話》，張伯偉編校，《稀見本宋人詩話四種》，南京，江蘇古籍出版社，2002，頁17。

[13]　參見宋・楊萬里（1127~1206）《誠齋詩話》「詩家用古人語，而不用其意，最為妙法」一段。見載丁福保（1874~1952）輯，《歷代詩話續編》，上冊，臺北，木鐸出版社，民72，頁141。

[14]　宋・嚴羽著，《滄浪詩話・詩法》，吳文治主編，《宋詩話全編》，第九冊，南京，鳳凰出版社，2006，頁8725。

[15]　同上，頁8726。

[16]　〈詩辨〉，同上，頁8719。

[17]　宋・陳師道（1053~1101）撰，宋・任淵注，冒廣生（1873~1959）補箋，冒懷生整理，《後山詩注補箋》，上冊，北京，中華書局，1999，頁69。

旨」[18]的話在宗門中的語義學轉移，如宋代禪師圜悟克勤說：「所以道，坐却舌頭，別生見解，他參活句，不參死句。活句下薦得，永劫不忘。死句下薦得，自救不了。」[19]問題是，這是勤絕情識的「言語道斷，心行處滅」，而無有言說的「出世間法」[20]，如其用在衡鑑詩學文本的文藝學書寫，那麼，除了寫在水上、或風中、或光中、或雲端的詩，庶幾可以得其皮之外，再也難於以業習文字影署其髮髻於萬一，所以就胡教授參詩而用活句而言，活句當以古典意象「信手拈來」，而嚴絲合縫的消文在新體詩中以自出機杼為本色。茲舉其要者，銓次如下：

一、枯藤老樹昏鴉

隨境自化得之於渾然天成者，則妙意自出，如起草於二〇一二年三月「東風沒有來」的開卷詩〈荒園〉，非得等到九月蕭瑟的金風吹起，否則無法在冬天的「梅花箋」上，孤獨的超離春天的「鴛鴛」、「燕燕」，並在「魔鬼」（Satan）的「窺伺」與見證下，淨化成「與上帝修好的詩篇」，因為「聽我把春水叫寒，看我把綠葉催黃／誰道秋下一心愁，烟波林野意幽幽／紅落紅、花落紅，紅了楓、紅了楓／展翅任翔雙羽燕，我這薄衣過得殘冬／總歸是秋天、總歸是秋天，春走了夏也去秋意濃／秋去冬來美景不再，莫教好春逝匆匆，莫教好春逝匆

---

18 梁·劉勰著，臺灣開明書店著，《文心雕龍注》，卷八，〈隱秀第四十〉，臺北，臺灣開明書店，民62，葉20a。

19 宋·圜悟佛果（1063~1135）著，紹隆（1077？~1136）等編，《圜悟佛果禪師語錄》，卷第十一，《大正藏》，第四十七冊，頁765b。

20 〔龜茲國〕鳩摩羅什（Kumārajīva，344~413，或350~409）譯，《佛說華手經》，卷第六，〈求法品第二十〉，《大正藏》，第十六冊，頁168c。

匆」的〈秋蟬〉[21]，縱任早已在鼻樑與耳根之間縈繞多年，也祇能讓兀自在「維納斯的丘園」（mons veneris）裡，「飢餓」過度的「野貓」，在仙人掌的刺所撐起的天空下，在「伊甸園」（Garden of Eden）之外的「吟遊者」（bard），備感脣焦舌蔽的苦楚與懊惱了。然而，自從天地間有詩人發現詩的權利萬年以來，祇要是真正的詩人都知道，既然暫時等不到獨「占梧桐」的「鳳凰」[22]，以致「梧桐果無聲無息地隕落」，在惆悵與惘然中隕落了，幸「有昏鴉飛過」，在西風送爽的「老樹枯藤上」，教斷腸於天涯的「浪子」，明覺的醒悟到，「夕陽無限好，祇是近黃昏」[23]，是力比多（libido）美學，最上乘的精神昇華，因為詩人不僅自己相信，也認為所有的人都相信，「每一個人在內心都是一個詩人，直到最後一個人死去，最後一個詩人纔死去」[24]的白日夢（daydream）者，要不然，在詩人的心靈上淬煉長達半年，卻仍然「雜草蔓延」的〈荒園〉，之於「小橋流水人家」[25]的「文外之重旨」，豈不沒了還在「期盼著」下一個剎那就降下「春雨」的後望？

---

[21] 李子恆，作詞、填曲，安琪拉主唱。這首歌在〈荒園〉中，對詩人而言，具有非凡的意義，有必要全文引出。

[22] 唐・元微之（779~831）〈青雲驛〉詩云：「鳳凰占梧桐，叢雜百鳥棲。」清聖祖（1654~1722，1661~1722在位）編，《全唐詩》，卷三百九十七，〈元稹二〉，臺南，明倫出版社，民63，頁4456。

[23] 唐・玉谿生（813~858），〈樂遊原〉其三，劉學鍇、余恕誠著，《李商隱詩歌集解・下冊・不編年詩》，臺北，洪葉文化事業有限公司，1992，頁1943。

[24] 〔奧〕西格蒙德・弗洛伊德（Sigmund Freud，1856~1939）著，林驤華譯，〈創作家與白日夢〉，伍蠡甫、胡經之主編，《西方文藝理論名著選編》，下卷，北京大學出版社，2004，頁1。

[25] 元・馬東籬（1250~1321），〈〔越調〕天淨沙・秋思〉「枯藤老樹昏鴉，小橋流水人家，古道西風瘦馬。夕陽西下，斷腸人在天涯。」隋樹森（1906~1989）編，《全元散曲》，上冊，臺南，平平出版社，民64影印1964年北京中華書局正體字版，頁242。

二、大江東去

〈群星曾閃爍〉第三節詩云「大江已然東去」，典出宋‧蘇軾詞〈念奴嬌‧赤壁懷古〉：「大江東去，浪淘盡，千古風流人物。」[26]坡翁從特定的戰局與歷史人物，由大而小的寫到「早生華髮」的自身，從遠而近的寫出不可一世的英雄豪傑，也不敵時間自然的淘洗，終至於發出「灰飛煙滅」的浩歎。胡教授則從世界大戰與解放戰爭的「高貴與荒謬」，寫到冷戰（Cold War）年代濫用藥物的披頭四（The Beatles），這是一個用藥過量致死的音樂經紀人布萊恩‧山繆爾‧艾普斯坦（Brian Samuel Epstein，1934~1967）所一度領導而風靡當年鐵幕（Iron Curtain）世界之外的樂團，祇是他們在「翻騰」的「慾海」中紛紛「跌了幾個跤」，如其中的靈魂人物約翰‧雲絲吞‧藍儂（John Winston Lennon，1940~1980），就在美國反戰年代嬉皮（Hippie）運動達到最高峰時，被疑似精神病患者馬克‧大衛‧查普曼（Mark David Chapman，1955~）槍殺於紐約寓所之前，從此藍儂以「憂鬱音符」所譜寫與嘶吼的反戰歌曲〈給和平一個機會〉（Give Peace a Chance）[27]，便成

---

26 宋‧蘇軾（1037~1101）撰，鄒同慶、王宗堂校注，《蘇軾詞編年校注》，第二冊，北京，中華書局，2007，頁398。

27 Two, one two three four / Ev'rybody's talking about / Bagism, Shagism, Dragism, Madism, Ragism, Tagism / This-ism, that-ism, is-m, is-m, is-m. / All we are saying is give peace a chance / All we are saying is give peace a chance // C'mon / Ev'rybody's talking about Ministers, / Sinisters, Banisters and canisters / Bishops and Fishops and Rabbis and Pop eyes, / And bye bye, bye byes. // All we are saying is give peace a chance / All we are saying is give peace a chance // Let me tell you now / Ev'rybody's talking about / Revolution, evolution, masturbation, / flagellation, regulation, integrations, / meditations, United Nations, / Congratulations. / All we are saying is give peace a chance / All we are saying is give peace a chance // Ev'rybody's talking

為詩人筆下「大江已然東去／戰地的鐘聲也已經停歇」的絕響了。[28]問題是在全球化（Globalization）世界權力重新攘奪的整個二十世紀，那些名動史冊的血腥名字，有哪一個能得到音樂「救贖」的呢？雖然大家都知道「樂的真精神在和」，所以渴望和平，遂不無諷刺的成為一場又一場易碎的青春夢了。

三、池塘生春草

〈鳶尾花〉第二節詩云「池塘滋生的離離春草／圈出了田田的荷葉」，分別典出劉宋山水詩祖謝康樂（385~433年）的〈登池上樓詩〉，與「魏晉樂所奏」[29]，流行於街陌的謠謳古辭〈相和歌辭·江南〉。謝康樂詩云：「池塘生春草，園柳變鳴禽。」[30]這兩句詩與詩人，都被歷代詩評家置於「第一」，並以「神助」、「無所用意」、「自然」論之，如梁代詩評家鍾嶸在〈宋法曹參軍謝惠連詩〉中，除了置謝康樂於「風人第一」之外，又引《謝氏家錄》說：「康樂每對惠連（407~433），輒得佳語。後在永嘉西堂，思詩竟日不就，寤寐間忽見惠連，即成『池塘生春草』，故常云：『此語有神助，非吾語也。』」[31]宋代詩評家魏慶之在〈品藻古今勝語〉

---

about / John and Yoko, Timmy Leary, Rosemary, / Tommy Smothers, Bobby Dylan, Tommy Cooper, / Derek Taylor, Norman Mailer, // Alan Ginsberg, Hare Krishna, / Hare, Hare Krishna // All we are saying is give peace a chance / All we are saying is give peace a chance

[28] 參見http://www.apple.com, Apr. 9, 2013 on line.

[29] 宋·郭茂倩（1041~1099）輯，《樂府詩集》，卷二十六，《欽定四庫全書》，文淵閣鈔本，葉11b。。

[30] 逯欽立（1910~1973）輯校，《先秦漢魏晉南北朝詩·宋詩卷》，中冊，北京，中華書局，1998，頁1163。

[31] 梁·鍾嶸（468~518）撰，汪中選注，《詩品注》，卷中，臺北，正中書局，民79，頁181。

中則說：「『池塘生春草，園柳變鳴禽。』……此詩之工，正在無所用意，卒然與景相遇，備以成章，不假繩削，故非常情之所能到。詩家妙處，當須以此為根本。而思苦言艱者，往往不悟。」[32]元代詩評家方回在《文選顏鮑謝詩評》卷一〈晚出西射堂〉中，也以「自然」評「池塘生春草」[33]，在評〈登池上樓〉時，又引盧谷的話說：「池上樓，永嘉郡樓。此詩句句佳，鏗鏘瀏亮，合是靈運第一等詩。」[34]而胡教授在「城南神祕的花園」裡，佇足花園畫廊猶未定神的剎那間，忽然瞥爾看到十九世紀荷蘭最傑出的畫家梵谷（Vincent Willem van Gogh，1853~1890）作於一八八九的《鳶尾花》（Irises）[35]，而懷想起「那一年／從春神手中飛出的鳶鳥」，早已不知「飛落誰家」？於是乎在水之湄，同時看到「蓮葉何田田」的池塘，池塘中「魚戲蓮葉間，魚戲蓮葉東，魚戲蓮葉西，魚戲蓮葉南，魚戲蓮葉北」[36]，雖則悠遊，但不論怎麼看，那倍顯楚楚可憐的意態，卻都像曾經「戴著咖啡色呢帽的／女孩」，祇是一旦回神之際，就不免要因「此情可待成追憶，祇是當時已惘然」[37]，而讓餘音一而再再而三的徘徊不迭了。

[32] 宋·魏慶之著，《詩人玉屑》，卷之十二，臺北，世界書局股份有限公司，2005，頁251。
[33] 元·方回（1227~1307）著，吳庚舜、徐志偉、路瑤編纂，《方回詩話》，吳文治主編，《遼金元詩話全編》，第二冊，南京，鳳凰出版社，2006，頁915。
[34] 同上。
[35] 參見田青等編譯，《西洋繪畫2000年·5·從新古典主義到後印象派》，臺北，錦繡出版事業有限公司，2001，頁250。
[36] 清·沈德潛（1673~1769）評選，王莼父箋註，《古詩源箋註》，卷一，〈漢詩·相和曲·江南〉，臺北，華正書局，民64，頁95。
[37] 唐·玉谿生，〈錦瑟〉，劉學鍇、余恕誠著，《李商隱詩歌集解·中冊·編年詩》，臺北，洪葉文化事業有限公司，1992，頁1420。

四、腐草為螢

〈頒獎〉第三節詩云「一隻螢火蟲卻從墳地飛出／帶著詭異而羞赧的燐光……」元文本出自儒經《禮記・月令第六》：「季夏之月，日在柳，昏火中，旦奎中。……溫風始至，蟋蟀居壁，鷹乃學習，腐草為螢。」[38]自從梁朝詩人沈旋在〈詠螢火詩〉中首先說：「火中變腐草，明滅靡恆調。」[39]遂開唐詩以「腐草」寫「螢」之風，並在文學接受史上，發生了深遠的美學影響，如詩聖杜子美〈螢火〉詩云：「幸因腐草出，敢近太陽飛；未足臨書卷，時能點客衣。」[40]又如北宋江西詩派祖師黃魯直〈次韻楊明叔四首〉其三詩云：「全德備萬物，大方無四隅；身隨腐草化，名與太山俱。」[41]明朝詩人錢應金〈邗溝〉詩則云：「六代繁華餘腐草，至今螢火照揚州。」[42]即使當代詩人也不能例外，如楊牧教授寫於一九八五年的〈妙玉坐禪・五・劫數〉詩云：「螢火從腐葉堆一點／生起，燃燒它逡巡的軌跡／牽引了漫長不散的白烟／……／遠方的墳穴裡有炬光閃爍」[43]，無獨有偶的，因死亡之腐而化生，而在黯夜裡發光發亮的螢，都在現代詩人的墳頭，以其不死的馨薌，不期然

[38] 吳樹平等點校，《十三經標點本》，上冊，臺北，曉園出版社有限公司，1994，頁738。

[39] 逯欽立輯校，《先秦漢魏晉南北朝詩・梁詩卷二十五》，下冊，北京，中華書局，1998，頁2078。

[40] 清・仇兆鰲（1638～1717）輯註，《杜詩詳註》，第二冊，臺北，正大印書館股份有限公司，民63，頁849。

[41] 宋・黃庭堅著，宋・任淵、史容、史季溫注，黃寶華點校，《山谷詩集注》，上冊，上海古籍出版社，2003，頁302。

[42] 清・朱彝尊（1629～1709）編，《明詩綜》，卷七十六，《欽定四庫全書》，文淵閣鈔本，葉15a。

[43] 楊牧（1940～）著，《楊牧詩集II・1974～1985》，臺北，洪範書店，民84，頁494。

而然的相遇，而成為後出轉新的生命沉思。

結語：藝術多媒體的互文性表現

　　以上四例，已很能從一個面向，說明詩人化裁詩典，
以為機杼自出的生新本色，以其在胡教授的詩創作中，包含
潛文本在內，這種手法可以說在在處處都有，在此就不再為
之蛇足了。但以古典的化裁做為考索的進路，概說胡教授詩
中，詩人在場的詩境與中國詩典意象溶浹而增益新體詩詩味
仿擬的顯例，其不同於凡手以換句話說的拙劣手段，遮遮掩
掩的盜襲成句，俱在於中西兩大傳統與藝術多媒體的互文性
（Intertextualité）表現[44]。相信眼快的讀者應該已經看出，曾
經遊學法國高等研究院、德國波昂大學、荷蘭萊頓大學的胡教
授，與民初留歐的新詩人，用語體文創作新體詩，有著截然不
同的氣象，全在於沒有小腳放大與歐化語言的問題，也不在華
文詩句中夾雜英、德、法、義等文字，更不在詩前楔引外國
詩人的名句，或在詩中插入外國詩句[45]，而且即使典出外國文
學，也用得極少，如〈頒獎〉第一節的「火中取栗」，典出
法國詩人讓・德・拉封登（Jean de la Fontaine，1621~1695）
的《寓言集》（Fables choisies mises en vers）第三卷〈猴子
與貓〉，至於〈咖啡人生〉一詩，則顯然受到美國意象主義

---

[44] 參見：（1）、〔法〕蒂費納・薩莫瓦約（Tiphaine Samoyault）著，邵煒譯，《互
文性研究》（L'intertextualité, Mémoire de la Littérature），天津市，天津人民出版
社，2003。（2）、王瑾著，《互文性》，桂林，廣西師範大學出版社，2005。

[45] 如要用外文來表現的時候，胡教授自己以英文全詩轉寫，如 'A Reminiscence of
Taj Mahal in Spring'，'The Final Footprints – Homage to Gandhi'，'The Song of
Boat dragsmen'，或以德文轉寫，如 'Der Blaue Reiter'，或以法文轉寫，如收在
詩集《白色的回憶》中的 'Tombeau de Livres' 與 'Une Eglise à Martel' 等等。

（Imagism）詩人艾茲拉‧龐德（Ezra Pound，1885~1972）
「以咖啡匙丈量人生」隱喻的啟發，除去《聖經》之外，這種
現象著實不多，而更多的是以清通簡練的當代華語文，把兩個
傳統直接消文入詩，並以中國詩典增益其文化底蘊增加可讀
性，好讓讀者讀來，既能會心涵詠，又可上口朗讀。無疑的，
這是新詩在同時擁抱兩個傳統長達百年探索之後的一大進化。

附言：新詩酌茗論

　　民國一〇一年九月二十九日夜，在被評選為哈佛百大管
理名師范揚松教授（1958~）辦公室，與胡爾泰教授諸學友茶
敘時，胡教授要我繼〈白色詩序〉之後，為他的第四本新詩集
《聖摩爾的黃昏》寫兩萬字上下的序，今年三月二十三日收到
詩藁，我隨即依詩思清理出包括「古典的化裁」在內，凡「時
間平臺」、「人體美學」、「宗教書寫」、「鏡花水月」、
「春光易老」、「生命中最難超克的本質」、「詩人與伊
人」、「多情翻卻似無情」、「深沉的孤獨感」、「白馬非馬
的荒謬」、「詩人的自敘」、「命運之神」、「夢的類型」、
「人間烟火」十五道準備分論的題目，並意想把前三部新詩集
聯繫起來論述，但經過半個月的思量之後，不論單單論述《聖
摩爾的黃昏》，或四集合論，都不是兩萬字能夠輕易打發的，
所以祇好單論一題，加諸書序本是千字文，超過千字者，則無
以為名，姑名之為序論。然而，更為重要的是，胡教授之於新
詩有意識的創作，仍有很大的熟成與開展空間，來日有因緣，
自當結合其學術成果與學思歷程，與文林鷗盟撫卷細揣摩。

民國一〇二年四月九日在雲端華城居停

（吳明興，詩人，宗教學研究所碩士、文學研究所文學博士、醫學研究所醫學博士，曾任公務員二十年、詩刊主編、出版社總編輯、文化事業公司總經理、大學中文系教師，自國中一畢業就開始上工自謀生活四十年來，已二度從職場做滿年資退休，現任大學佛教學系助理教授，主講「華嚴學」諸教程。著有新詩集《蓬草心情》、論文《天臺圓教十乘觀法之研究》、《蘇軾佛教文學研究》、《延黃消心痛膠囊對急性心肌梗死模型大鼠抗心肌細胞凋亡作用機理的研究》、〈北宋文學思潮的佛學根源導論〉、〈鋤頭書寫的佛教語境──再閱讀陳冠學《田園之秋》〉、〈華美整飭的樂章──論高準《中國萬歲交響曲》、〈當代詩人范揚松論〉等。）

【自序】
豪華落盡見真淳

　　《聖摩爾的黃昏》這個集子收錄了2009年底至今（2013）年初寫的81首詩（含2009年以前寫的兩首），分成10輯，冠之以「荒謬與虛無」、「天使」、「愛情」、「友情」、「黃昏」、「命運」、「鄉愁」、「醉月湖」、「草原組曲」、「邊緣人」之名。它是我的第五本詩集，也是第四本新詩集（另一本是古典詩集），記錄了我這三年來的所見、所感和所思，三者連成一氣，而歸結到「所思」。

　　本詩集以探討人世的荒謬性與命運的不可測為主軸，它的篇什大部分置於「荒謬與虛無」、「天使」和「命運」這三輯當中。當然，其他輯收錄的詩也有涉及這兩個主軸的，例如〈黃昏市場〉、〈縴夫〉、〈盲眼女歌手〉、〈拾荒者〉、〈穿招牌的人〉、〈藍騎士〉等詩皆是。而「愛情」、「友情」和「鄉愁」這三輯涵蓋了人的三種主要情性，我在這23首詩中，抒發了個人的感受，並摻雜了一些想法。「醉月湖」這一輯包含的五首詩，前後寫作的時間拉得比較長，它是我在那兒散步二十年來自然湧現於我心頭的。至於「草原組曲」，可說是一個嶄新的、獨立的專輯，因為它收錄的七首詩，其寫作時間是緊緊聯繫的，不像他輯所錄詩的完成時間那樣分散。它記錄了我於去年八月與詩友同遊蒙古國所見所聞的一鱗半爪，也印證了我長期研究蒙古文化的點點滴滴。「邊緣人」也是一個新的嘗試，描寫社會的邊際人物，企圖摸索他們的心，並給

予適度的關懷。

　　對我而言，本詩集的第五輯「黃昏」是具有特殊意涵的，這不僅因為一天之中，我酷愛黃昏；不僅因為其中一首詩做了本詩集的名字；更重要的是它見證了本詩集的奉獻對象Camille Chen和我兩人之間誠摯的友誼。2006年夏天，當我快要結束我第二次在法國的研究時，因緣際會之下，得兩度拜訪一位台灣早期的留法學生，如今他已是溫文儒雅的長者，過著幾乎與世隔絕的生活。我們在雅緻的餐廳享受美食，談論文學，飲酒品茗，聽古典音樂。到了黃昏時分，就到美麗的花園裡賞花蒔卉。他告訴我園內所植花樹的法文名字，還說庭園的設計與一切雜務，都由他親自經理，從不假手他人，這點讓我十分佩服。2011年8月，乘旅法之便，我又三度拜訪這位前輩，聽他講述意氣風發的青壯年代，陽光照在他的臉上，閃爍著智慧的光，我的身子也更往前傾了。Camille Chen現在所過的日子，與其說是歐洲式悠閒的生活情調，不如說是淵明式的生活情趣。為了紀念這一段因緣，我先後寫了三首詩，其中一首就是本詩集的名字：聖摩爾的黃昏。

　　寫詩寫了三十幾年，有苦有樂，苦的是意象的搜尋或翻新是不容易的，樂的是有了靈感，揮筆立就，稍加修飾，即成滿意的詩篇。至於別人稱讚與否並不重要，因為杜甫就說了：「文章千古事，得失寸心知。」辛波絲卡的詩句「寫作的喜悅……人類之手的復仇」（引自桂冠圖書《辛波絲卡詩選》，頁45）一語道破寫作之樂，末句還具有一種黑色的幽默呢！可是辛波絲卡在〈種種可能〉一詩中又說：「我偏愛寫詩的荒謬，勝過不寫詩的荒謬」（引自桂冠圖書《辛波絲卡詩選》，

頁129）這裡面有詩人的無奈與驕傲。「寫詩」有時候是不得已的，詩靈已經召喚，思維已經膨脹，情感快要潰堤，不能不寫詩以呼應或宣洩之。可是有能力呼應或宣洩的人，畢竟是寥寥無幾的，這也是為何辛波絲卡要說「寫詩的荒謬，勝過不寫詩的荒謬」了。不過，台灣詩壇卻有不少「詩人」把散文當作「詩」，藉此博得「詩人」之名，那真的是荒謬中的荒謬了！（「詩人」其實與瘋子只有一線之隔，沒什麼好爭取的）

法國符號學家羅蘭巴特（Roland Barthes）所倡的「零度書寫」，不是一般人所能企及。因為「零度書寫」是要回到寫作的本質，不為任何目的、任何團體服務，也不受任何主義、任何手法的羈絆，純粹為藝術而藝術。這有點像元好問所說的「豪華落盡見真淳」（引自《元遺山詩集》卷11，〈論詩三十首〉），雖然兩人是站在不同的立場講話的。「零度書寫」其實是一種高度的書寫，也是我努力的目標。在《聖摩爾的黃昏》這個集子當中的幾首詩，我也嘗試這麼做，期盼讀者能仔細玩味。我認為寫詩儘管有它的荒謬性，但是它的超越性畢竟多出許多。

感謝劉建基和吳明興兩位教授惠賜序言，給這本書增色不少。劉教授從永恆／剎那的辯證關係切入，分析書中的「安琪拉」意象，吳教授則用「化裁」的觀點，分析我詩之連結傳統與現代、東方與西方。兩位學者獨具慧眼，言之有物，我除了領受之外，只有感謝的份兒。

二〇一三年四月廿三日
胡爾泰寫於台北

CONTENTS

輯一 荒謬與虛無：一對孿生兄弟

輯十 邊緣人：在消失的地平線

輯一

荒謬與虛無：一對孿生兄弟

荒園

浪子遺忘的花園

東風沒有來

鶯鶯囀不出昔日歡樂的歌台

燕燕也找不到呢喃的理由

寂寞隨著雜草蔓延

偉大的園丁得了相思病請了長假

園裡飢餓的野貓

一個晚上叫了好幾個春天

仙人的手掌指向嚴酷的天空

刺桐燃燒著抗議的火炬

從春天的尾巴燃燒到夏天的額頭

維納斯的丘園早已乾涸皸裂

天末吹起焚風的號角

梔子花紛紛掩耳掉頭而去

僧侶沉重的頭顱敲擊空洞的木魚

有人從樓上潑出一盆冷水

梧桐果無聲無息地隕落

沒有鳳凰也沒有烏鴉來吃

秋蟬再怎麼用力嘶吼

也喚不醒孤寂的伊甸園

拾荒者染上了猩紅熱　任由滿園蕭瑟

月亮張大懷鄉病的眼睛

尋覓荒原的吟遊者

老樹枯藤上　有昏鴉飛過

霜冷

凍結了所有的蟲吟

所有的靈感　一切的交易

荒蕪的大地無奈對著虛幻的天空

聖誕夜的歌聲吹不進花園的角落

尖耳巨眼的魔鬼窺伺著夜行人

天使收起了翅膀

慾望隨著季節而死亡

神祕的失樂園期盼著浪子

一如荒草期盼著黏稠稠的春雨……

旅遊歸來的詩人

拂掉桌上厚厚的灰塵

鋪好梅花箋

重新書寫

與上帝修好的詩篇

（二〇一二年三月初稿、九月定稿）

（原載《乾坤詩刊》第65期）

邊界

詭異的黃昏
野放的一群鴿子
急急忙忙尋找夜的歸宿

咕嚕的話語在荒蕪的邊界碰了壁
忐忑的心不斷捶打落日
狂拍的翅膀來回衝撞
把空氣撞成了一種僵局
受困的眉宇
緊鎖著攢聚的雲

雨後的天空
出現了一道彩虹
搭在希望與無奈的兩端
黑色的大軍卻悄悄地圍過來
把野鴿子和彩虹
把鉛雲和所有的衝突
都一一收編
納入無邊的黑暗之中

（二〇一〇年六月初稿、二〇一一年七月定稿）

（原載《乾坤詩刊》第60期）

雪梨之裸

一顆顆　雪之梨

滾向廣場

情感黏著感情

興味搭著慾望

彷彿驚蟄甦醒的肉蟲

正等待朝陽的妙手

隨興釀出乳汁與蜂蜜

脫掉文明外衣的

失樂園的子民高舉臂膀

齊聲向上帝呼喊

重返伊甸園　重返伊甸園……

一波波翻騰的海嘯

震聾了上帝的耳膜

也衝擊千萬雙不設防的眼

逐漸強化的陽光

不經意地穿透了城市的心

海潮迅速裸退

留下了許多的驚嘆

和　濕漉漉的遺憾

（二○一○年三月寫於Tunick雪梨裸拍之後）

（原載《中國語文月刊》第652期）

群星曾閃爍

久遠的年代
解放的年代
高貴與荒謬並存的年代
戰地飄著鐘聲的年代
佳人流轉眼波的年代
年輕戰士把頭顱掛在筆尖的年代
披頭爆發狂野而憂鬱音符的年代
慘綠少年編織著青春之夢的年代

一時之間
群星閃爍在螢幕的夜空
發出攝魂的光波
黃沙暈染胴體優雅的美學
脫軌的星子褪下一切矜持
扭腰擺臀只為了翻騰慾海
頑皮的風吹動白色的羅裙
掀起一波又一波的情潮……

大江已然東去
戰地的鐘聲也已經停歇

摘星的少年跌了幾個跤

跌醒了青春的夢

但是黃沙依舊狂飆　慾海依舊波濤

另一次的救贖還等待完成

到時候　退隱於帷幕之後的星子

將冉冉昇向夜空

照著那永不褪色的夢

（二〇一〇年八月初稿、二〇一二年四月定稿）

（原載《乾坤詩刊》第63期）

芒花與白鷺

山坡上的點點白
不是南國的初雪
也不是白色的山茶花
山茶花還沒有探出頭
初雪先融於大地的招手

沙洲上的點點白
不是溪石激起的浪花
也不是隨風搖曳的芒花
芒花已迷失了方向
浪花正趕赴大海的邀約

山坡上的白
點點飛到沙洲上
長腳的白鷺
顫危危地涉足於溪水中
試探寂寞的溫度

（二○一○年十二月定稿）

（原載《創世紀》第167期）

草地上的午餐

松林椣柳和蜻蜓的小河
兜起的一畦綠地上
三個光陰的捕手
將捕捉到的悠閒
排演一場季夏的午劇

巴庫斯狂飲生命之泉
挑起紅日的慾望之舞
納西瑟斯一邊咀嚼清澈的山水
一邊看著胴體的倒影
維納斯恣意放送青春之歌
雪白肌膚透出的光
反饋晴朗的天空

光陰從指尖　從唇邊
從狼藉的綠色餐布溜走
爬上了躺椅小寐
生命之水終於蒸發了午後的燠熱
納西瑟斯不自覺地走入潺潺的溪流
化成了肉色的水仙

只有維納斯橫臥於草地上
等候畫家翩臨

草地上的午餐
是夏日著色的光陰
光陰是永遠不散的流筵

（二〇一一年三月定稿）
（原載《創世紀》第167期）

福爾摩沙的牛

據說

美麗的仙島上

牛隻主要有兩種顏色

南部的牛是綠色的

因為牠們啃食本土鮮綠的草

北部的牛是藍色的

因為牠們吃的是進口的藍莓

就像那位不拘小節的畫家

來到南太平洋的島嶼

用畫筆創造了黃色的基督

又用顏料繪製了綠色的耶穌

這些都不足為奇

令人驚訝的是

一頭黑色的牡牛

闖進福爾摩沙的詩壇

繆思嚇得花容失色

祭酒卻唱出了頌歌

（二〇一一年十月）

（原載《中國語文月刊》第653期）

在紅毛城喝咖啡

午後的陽光
伸出慵懶的手
輕撫著城堡廊柱上
綻開的薊花和紅色薔薇
以及沙龍裡閒得發慌的咖啡杯
杯子上的花葉
透出濃濃的亞熱帶的氣息

葉子因熱情而入眠
鼻子隨慾望而甦醒
清客倚著斜陽坐定
享受初冬的午後釋放出的悠閒
古老的紅牆期待另一種榮光
一如寂寞的咖啡豆等待著火的戀情

紅毛人搭著戎克船走了
留下一城堡的默然
侍者也沒有出現
任由咖啡桌逗陣聊天

美人靠著廊柱

一直等到清客

跟隨西墜的夕陽

啜飲一城的夜色

（二〇一一年十一月初稿、二〇一二年八月定稿）

（原載《葡萄園》第196期）

瓦茨拉夫大道的女郎

女郎掀開了冬天的斗蓬

露出原始的真淳

好像潘朵拉打開了盒子

滿懷希望的春色到處亂竄

不斷地與春風交媾

誘發了春情無限

瓦茨拉夫大道有多長

無限就有多長

春情就有多長

從地鐵站的出口

蜿蜒到慾望街車的入口

從聖瓦茨拉夫的雕像延伸到博物館的丹墀

脫離鐵幕的人

歡欣地看著肉色的繡球花

如何蹦脫冬衣的雪鏈

路過的旅人不小心擷取了

布拉格的春天最甜美的果實

放在詩罈裡發酵

（二〇一二年二月）

（原載《中國語文月刊》第658期）

杏花樹之死

一棵亭亭玉立的樹
一棵騷人歌詠的樹
因為擋了螞蟻行進的路
被一雙無知而荒謬的手
狠狠地移植了

太陽抱著憐憫的心
早晚熱情地給它溫暖
有時候雨水用滋養的酥油
潤絲它逐漸皺皺的肌膚
春風也以溫柔的手撫摩著它
希望它恢復昔日的風華

無奈騷人的歌詠
是空谷的回音
杏花樹掉落的屑
是無言的淚

而荒謬侵入每一條路
攀升每一座樂園
以蜜蜂採蜜的速度

杏花樹終於枯了死了

在荒謬的謊言開花結果之後

（二〇一二年二月初稿、五月定稿）

（原載《新文壇》第30期）

頒獎

他的人實在很好
常常從火中取栗
有時候揹著泥菩薩過江
施捨對他來講　像春雨一樣自然
還帶著童真的笑容
更重要的是
他試爆了利好幾百代的原子
開出了幾朵覃狀的詩雲
他生前帶著筆尖爬過的格子
因為時間的流逝而更加耀眼

今天我們懷著無比尊敬的心
在這塊神聖的墓地
頒一座榮譽獎座給他
雖然他是繆思的後裔宙斯的好友
生前卻甚麼獎都沒有沾到邊
所以我們一定要在墓碑旁安放
純金打造戴有桂冠的獎座
或者再搭一座亭子
免得他因為世態的炎涼而忽冷忽熱

純金的獎座在水銀燈的照射之下

隆重地頒授了　安放了

桂冠也戴上了

一隻螢火蟲卻從墳地飛出

帶著詭異而羞赧的燐光……

（二〇一二年五月四日）

（原載《葡萄園》第195期）

輯二

天使：不存在的存在

我的安琪拉

哦　安琪拉
妳是純粹的光
妳的眼波見證了我的存在
妳又是純粹的善
不容許我有任何惡的念頭

哦　安琪拉
妳是智慧的天使
守護伊甸園的生命之樹
妳又是神的火焰
將詩文的奧祕傳到人間

哦　安琪拉
妳是治癒療傷的光輝使者
妳的光癒合了我　愛情的創傷
妳的翼覆蓋了我　肉體的疤痕

哦　安琪拉
妳是神的慈悲

當最後審判日來臨的時候
請引領我多情的靈魂到金星天安住

哦　我的安琪拉

（二〇一一年六月五日）
（原載《葡萄園》第194期）

再見安琪拉

初秋的夜晚
來自銀河的天使
乘著清風的翅膀
躡著東方美人的步履
踏著月光的倩影
尋找去年的跫音
昔日的吻痕

去年的跫音
化為寧芙仙子的歌
溶入了流水的月華
昔日的吻痕
已結成伊甸園
誘人的禁果
今夜
天使迷人的笑靨
釋放了久錮的精靈
在詩國裡逡巡……

再見啦　安琪拉
浩瀚的銀河

是妳的故鄉
詩人的蘄嚮
追月族的夢壤

再見啦　安琪拉
即使妳絕裾而去
即使妳再度禁錮詩靈
我也不會與魔鬼簽任何協定

再見啦　安琪拉
安琪拉……

（八月十四日又見安琪拉於范宅因賦此詩）
（原載《葡萄園》第189期）

安琪拉致詩人

我是風

我是一道光

我是一個夢

我是水中的月

我是秋鏡的玫瑰

我是一個名字

但我不是天使

（我也是天使

假如你這麼堅持）

因為

一切存在的都是虛幻

一切過眼的都是雲煙

一切美好的都是時間

的切換

只有詩人

能夠捕風捉影

只有詩人

能在水中撈月

能在虛幻中看到實體

能在雲煙中塑造模型
能在剎那中抓住永恆

但是　詩人啊
請聽天使的聲音
請聽那來自雲端的聲音
請聽那夢絃撥動的聲音
那時間之輪走過的轔轔聲

（二〇一〇年八月）

（原載《葡萄園》第189期）

櫻花樹下的安琪拉

櫻花不敢把枝頭綻滿

怕春天走得太快

來賞花的美人笑了

春色頓時漲了潮

潰決了我　矜持的堤岸

（二〇一二年四月）

（原載《新文壇》第30期）

看板的天使

是流星
貪戀人世間的浮華
不小心跌落看板
羽袖黏在螢光幕上

還是迷途的藍色斑蝶
在探訪春天之際
同時把絕美凝住？

哦！
美麗無邪的天使
還是趁著星月交輝的時候
乘著白雲歸去吧
塵世的流浪
多少會沾染風的顏色

（二〇一一年七月初稿十二月定稿）

（原載《葡萄園》第194期）

天使的畫像

脫掉高更的帽子
拋開塞尚立體的筆
畫家在畫室裡來回踱步
思索著　風格是超越還是枷鎖
怎樣才能摹寫天使的真
一種不存在的存在

天使是一道光
還是繽紛的色彩
天使會厭倦天堂的圓滿
在塵世展開流浪嗎
天使是鴿子還是鷹隼
祂們載著白天的光
還是乘著黑夜的翅膀

畫家打開心靈之窗
月光飛了進來　灑滿了畫布
畫家不自覺地走入裡面
讓色彩佔有了他

（原載於《葡萄園》第198期）

天使之舞

孔雀羽毛織成的舞衣
乘著天籟　緩緩飄落
在洸漾的眼波中
迴旋而舞
舞出了一泓春池
池塘裡有天堂的倒影

牧笛的風吹過水面
天鵝踮起了腳尖
芭蕉扇搧出多情的雨絲
把春心緊緊綰住
仙子編碼的天堂之舞
羽衣在祭典中滑落
一如風前　片片的柳絮

可舞衣是虛幻的
激情也是短暫的
天堂是蒼穹的同義詞
永恆只是剎那的代稱

而天使的舞
是迴旋而上的輕煙
就像
春天的一場夢

（二〇一三年三月）
（原刊載於《乾坤詩刊》第67期）

愛情：真實像春雨　虛幻如春夢

泰姬陵春思

一顆巨大的淚珠
一顆晶瑩剔透的淚珠
以大理石的堅貞
把我的身體
連同我的靈魂
緊緊地鎖住

水中的愛情
只能反射陽光
無法輪迴
也不能昇華

紅堡吹來的風啊
吹醒沉睡的春水
或者　吹破透明的神話
釋放淚珠裡的愛情吧！

（二〇一二年元月卅一日寫於印度Agra）

（原載《創世紀》第171期）

A Reminiscence of Taj Mahal in Spring

by Robert Hu

A colossal tear drop,

A crystal tear drop

Of virtuous marble

Tightly locked up

My body, as well as

My soul.

The love in the water

Cannot but reflect sunshine,

Neither restoring metempsychosis,

Nor getting any sublimation.

Oh! Winds blowing from Red Castle,

Please awake the sleeping spring water,

Or break the transparent fairytale

To set free my love from the tear drop!

(written in Agra on January 31, 2012)

我在冷風中等妳

我在冷風中
等妳
只為了一個虛構的原因

或許
妳會偶然出現
像一朵飄過心湖的彩雲

或許
會有一場春雨
油酥酥滋潤乾渴的雙唇

雲還是沒有飄過
我聽不到
妳　溫暖而熟悉的聲音

雨也沒下來
冷風如潮水一般
不斷拍打著寂寞的海岸

只為了一個虛構的幻想

等妳

我在冷風中

（二〇一一年二月寫）

（原載《秋水》第150期）

在夢想的入口

長長的人龍
從天堂的入口蜿蜒到煉獄的出口
只為了圓一個夢
從殘酷的現實中得到救贖的夢

據說
揮一下手
就能讓花萼膨脹
畫一個弧
就能讓夢蝶飛舞
光是呼吸
也能讓宇宙的心跳躍……

聽說
心靈是不規則的藍
健康是血管的紅
那麼
愛情是甚麼顏色……

我在夢想的入口
等候風吹皺的一池春水
轉成秋天的顏色

（二○一一年四月寫於台北花博閉幕之後）
（原載《中國語文月刊》第650期）

舊情人

命運把我們的靈魂

連同我們的肉體

搓成麻花

麻花上的點點

是我們在情海的冒險

我們以搖櫓探索深度

敏感的菜荑測量溫度

偶然的風雨考驗信度

我們翻滾多情的海水

成浪　滋潤乾渴的沙灘

月光下

妳以夏娃的打扮出現

手中拿著上帝啃食過的蘋果

我突然想起

上帝和撒旦原來是孿生兄弟

就像潮與汐　情與慾

雖然時光不能倒流

雖然舊情只能回首　無法回收

但是　我已在心中供起了妳的雕像

堅貞如大理石　透明如水晶　變化如霓虹燈

那是我們曾經轟轟烈烈演出的悲喜劇啊

（二〇一二年情人節書寫）

（原載《乾坤詩刊》第63期）

櫻桃

朋友送來美利堅產的上等櫻桃
沉甸甸的好幾克拉的深色裸鑽
據說是華盛頓來不及砍掉的
櫻桃樹的好幾代子孫身上長出來的
搭上了飛機越過重重的海洋
再通過雙唇垂涎的檢驗胃液的洗禮
最後在我的體內取得了永久居留權

黑色的珍珠甜美無比
流淌著黑色非洲透明的血液
紫紅的桃子也有特殊的風味
刺槐李配上了蜂蜜
可我唒嚙的上等櫻桃
卻淌出紅色的液體
就像當年伊人離別之際
流下來的潸潸淚水

華盛頓有沒有砍伐櫻桃樹無關緊要
櫻桃是否甜美也無關緊要
要緊的是把種子種在昔日流連的花園

讓成長茁壯的櫻桃樹兜攬陽光

讓伊人童貞的雙唇再映入眼簾⋯⋯

（二〇一一年六月初稿二〇一二年三月定稿）

（原刊載於《乾坤詩刊》第67期）

山楂樹之戀

清風吹拂夢幻的森林
乘著歌聲的翅膀
河水淙淙
繞過山楂樹
沿著山間崎嶇的小路
流向命定的遠方

山楂樹下
兩個青年等候一位姑娘
凝望金色的水
迷戀山巔的夕陽
山楂樹開出了愛情的花
美麗的姑娘啊
陷入了迷惘

山楂的花似雪
山楂的果如血
山楂樹的歌聲蕩漾
淘洗了青春的憂傷

為甚麼昔日戀人的絮語還在耳畔迴響

為甚麼思念之翼還在黃昏的天際飛翔

（刊載於《秋水》第158期）

073

輯三　愛情

巴伐利亞的戀情

為了印證風的諾言
為了詮釋愛的真諦
巴伐利亞的漂鳥
從此浪跡天涯
無盡的飛翔成了無法逃避的宿命

海邊的浪漫小窩
烹調著甜蜜的溫馨
爐火是愛戀的加溫器
迷迭香洶湧的春潮
柔軟了俠客的心
燕子的呢喃啊
是戀人的綿綿絮語

可是美人的香
逐漸消融於鹹濕的海風
煙燻黑了三月的花
金色的羽毛折損於灼熱的痴情
思念之火卻無法熄滅

古老的鄉愁只能伴著啤酒

在腹腸裡不斷地膨脹又膨脹……

時間是神奇的魔術師

割裂了心房　癒合了翅膀

而巴伐利亞的戀歌

是永不停歇的河

北地的漂鳥

又在南國找到了另一個春天

（二〇一二年十月）

（原載《乾坤詩刊》第66期）

輯三　愛情

輯四

友情：愛的昇華或變奏

邂逅

偶然地
我們相逢在車站
你行色匆匆
我歸心似箭
眼神的剎那交會
引發了磁波
一次美麗的撞擊

迎面而來的風
吹散了我們的寒暄
時光的列車飛馳而過
我們一時無法睜開眼
磁波也跟著斷了線
墜入茫茫的星海之中

兩顆載浮載沉的小星體
期待另一個偶然
另一次美麗的撞擊

（二〇〇七年十一月廿日寫）
（原載《乾坤詩刊》第46期）

鳶尾花

那一年
從春神手中飛出的鳶鳥
偶然停在池塘的綠梗上
擺了擺尾巴
開出了紫藍色的花
恣意地在水中
搖曳著春天的剪影
也撩撥著我　閒置已久的心弦

彷彿一個剎那
池塘滋生的離離春草
圈出了田田的荷葉
城南神祕的花園
也關閉了春天的門扉
鳶鳥飛入了畫框
凝結成一段　不凋的風的誓約

明年
鳶鳥還會搖擺紫藍色的尾巴

可是戴著咖啡色呢帽的

女孩啊

妳心中怦然的鳶鳥　飛落誰家

（二〇一一年五月十九日初稿、六月十八日定稿）

（原載《秋水》第151期）

詩人與貓

貓兀自蹲在那兒
不怎麼理人
還做著綠色的夢
像一座山
一座孤獨的山
一座神祕莫測不可征服的山

詩人創造了貓
又站在貓的前面
一面調理貓的體態和情緒
一面思索貓的靈性和脾氣
貓的前世今生
（是魚還是人）

我從綠色的貓眼
潛入魚　靈活的軀體
迴游於藍色的海
一切的迴游只是輪迴的等待

貓的　詩人的
以及一切眾生的

（二〇一〇年十二月廿五日觀賞林煥彰先生的貓畫有感而作）

（原載《乾坤詩刊》第58期）

海的對話

海水乘著浪花款款而來
對著沙灘傾訴衷情
沙灘只是靜靜地躺著
一句話都沒說
海水留下心形的貝殼
悵然地回到天之涯

潮水算準了時間
與背離山脈的溪水幽會
鹹濕的與淡雅的糾纏在一起
但是弄潮兒沒有來
無法福證這一段海誓山盟

招引潮水的毛蟹
卻引來了海嘯
對著沙灘對著山林咆哮
摧毀一切的背叛一切的盟誓
風在哭泣　山在哭泣　水在哭泣

海啊偉大的海神啊
祢甚麼時候乘著月光
流連椰林下　傾聽
熱戀男女的細語呢喃

（二〇一〇年十月）
（原載《乾坤詩刊》第57期）

黛西姑娘

妳是子夜
綻放的曇花
皎潔如含羞的月
來不及品嚐甘美的晨露
就給雲翳了風華

妳是山間
汩汩流出的幽泉
貞美而清冽
等不及我酌取
一瓢飲　就消失在弱水之中

絕美的俘虜
注定走上一條不歸路
但是不必追尋失落的金箭
也不必攪動池塘的春水
因為青草年年會綠江南岸
明亮的星星
偶而會閃爍在詩畫的夜空

（二〇一二年五月）

（原載《中國語文月刊》第664期）

給哈達

歡樂如三月的輕煙
回憶是綿長的絲線
把澎湃的兩顆心
牢牢地牽絆

高原吹來的一陣風
化成南國的一縷行雲
上了山
染白早開的梅花
下了海
浪淘女王的面紗
又入了窯
彩釉陶瓷美妙的漩渦

島嶼的上空
行雲不斷地變換色彩
編織著金瓜石的夢

而夢中的雨
是鮫人的淚

化為多情的潮水
拍打著冬日　惜別的海岸

當歸帆航向天之涯
草原會開出多少相思的花

（二〇一三年元月十三日寫於哈達歸返蒙古之後）

（載於《秋水》第158期）

輯五

黃昏：夕陽的最後一支戀歌

野放的日子

向仲夏借些許光陰
向天空借幾朵行雲
向大地借一灣溪流
就這樣把心之猿意之馬
徹底野放了
擺盪於山蕨之間
馳騁於溪水之湄

自行野放的溪水
從山巔一路舞踊下來
舞出迴旋踊出曼波
濺出轔轔的車聲
林間的蟬聲急急切切
好像要壓過所有的聲音
釋放一整個冬天的苦悶

而野放者
把風景疊成四方形的記憶

把谿聲和蟬聲裝入行囊之後
就收拾心意背起夕陽回家了

（二〇一〇年七月寫）
（原載《中國語文月刊》第640期）

聖摩爾的黃昏

秋還沒有十分老
幾朵夏日的玫瑰依然戀著枝頭
夕陽卻悄悄地翻過女牆
拉開了黃昏的帷幕
在聖摩爾　寂寞的花園裡

浴著餘暉的老園丁
訴說往昔　繽紛的花事
迎春花與繡球花爭豔
鳶尾花和薰衣草比藍
為烈日染紅的凌霄花
又給黃昏鍍了金
那一年的草色青青
盛開的百合卻躲不過旱魃的肆虐
喇叭的哭泣　終止於蕭條的黃昏

今春特別紅火的老鸛草
一如當年的學運
泛著紅潮
在斑駁發黃的歲月裡
尋找突圍的出口……

得了秋天支氣管炎的黃昏

終於咳出了落日

逐漸宕入地母的懷抱

但是　聖摩爾的黃昏

只能黯淡如月

未曾如花之凋謝

（二○一一年秋寫於巴黎東南郊的聖摩爾，二○一二年定稿）

（原載《海星》第7期）

萊頓的黃昏

一抹微紅

輕輕地滑過

藍絲絨的天空

盪漾開來

小酒館的燈

暈黃跌落

水中　未眠的睡蓮

擎起　如鏡一般

透明的護城河

語聲飄落

晚禱吹起的微波

小城已黃昏

（一九九八年六月寫於萊頓）

（原載《翡冷翠的秋晨》詩集）

094
聖摩爾的黃昏

美人樹之戀

美人如花　在雲端
張大好奇的眼睛
望著秋天　黃昏劇的上演
野菊花登場　野鴿子飛翔

風　挑情地吹送蜜語

粉紅裝扮的美人
興高采烈從梢頭翩舞而下
等候　情郎的手
接納無怨無悔的奉獻

風　狎昵地追逐獵物

最後一抹斜陽照著
繽紛的落紅　如血
情郎沒有來
黃昏逐漸拉起深色的秋帷

風　狡猾地呼嘯而過

一個年輕的姑娘

捧著深秋殞落的彩虹

在淚光裡　看到了自己

（二〇一一年十月寫於台大）

（原載《秋水》第154期）

黃昏市場

旅人走進黃昏市場
想買一些晚霞回旅社
以便烹調一道綺夢好入眠

老闆說
今天天氣跟昨天一樣陰霾
晚霞沒有出貨
不妨到對面的陽光故鄉問一下
那兒可能還有一些存貨

（南瓜在一旁竊笑）

旅人走進陽光的故鄉
挨家挨戶地詢問……
港都的小雨
打在緊鎖的門扉上

旅人疲憊的心
也下起了小雨

（二〇一二年四月寫於基隆）

（原載《海星》第5期）

野柳的黃昏

海風從四面八方打轉

風霜了伊人的臉

潮來潮往　敲打回憶的礁岩

可是野地已無細柳可以藏鴉

也無柳梢頭給月兒上

夕陽不忍心風流雲散

在山頭點燃了黃昏的火焰

把海水鍍了金　把風衣染了黃

然後緩緩的西墜

趕赴山後的另一場盛會

（二〇一二年十二月廿四日寫於野柳歸來）

（原載《秋水》第157期）

冬至的黃昏

預言家說了
今年的冬至將是最後一個冬至
今天的黃昏將是最後一個黃昏
這個星球的億萬隻眼緊盯著天空

太陽一點都不擔心
恣意跳著那古老帝國的舞
從著花的樹梢
一路跳到彩色的屋頂
黃澄澄的光波
流動著　生命強韌的喜悅
歸鳥在五彩的天空飛翔
畫了幾道優美的弧線

（絕大部分的人都目睹了
這一場黃昏的盛宴
有些人卻被迫走向末日
比夕陽更早離席）

那些到山上避難的人啊

預言祇是一個循環

明天早上

太陽還會從東邊升起

就像冬至是新年的開始

而　黃昏祇不過是浩瀚宇宙當中

一個永恆的光點和祂的影子的遊戲

當太陽下山時

讓我們多吃點紅色的湯圓

預先給明天的旭日慶生吧

（二〇一二年冬至日寫於台北）

（載於《葡萄園》第197期）

命運：一本自翻或等待翻閱的書

命運

命運之路
是一本自翻的
或是等待翻閱的書
裡面是白紙黑字
有時出現一些彩色的插圖

高低起伏的路並不怎麼好走
但是　不能走回頭路
書還得讀下去
時間之手　不斷地攤開捲軸

命運也是多重的選擇
但是選擇卻像走迷宮
充滿了喜悅和驚奇
康莊大道可能通向懸崖峭壁
而苦難常常開出幸福的花朵

不妨放慢腳步
仔細地翻閱奧義書
在上面加個標點或者添幾句話

或者就在偶然掠過眼前的
頁碼上　添一些顏色吧

雖然躲在暗處的命運之神
老是帶著神祕的微笑

（二〇〇九年十二月初稿、二〇一二年七月定稿）

（原載《乾坤詩刊》第64期）

法門寺的春天

幾把鏟子
就鏟出了一片春天

身著盛裝手持羅扇的
仕女　把捕捉到的青春
藏在衣袖裡
十字鎬敲打的馬球
驚醒了千年禪修的石頭
鎏金的烏龜也爬出了地宮
傳授長春的吐納法

而捧著真身的菩薩
向世人宣示──
四季如春　諸法皆空
就像鎏金銀茶羅子飄散出來的茶香……

琥珀和綠松石
依舊發出昔日的光彩
可是　風化是必然的
成住壞空是永恆的輪迴

雖然　佛陀的指
已凝結為晶瑩剔透的舍利子

法門寺的春天
就在真空與妙有之間
擺盪著　掙扎著

（原載《乾坤詩刊》第58期）

列車群像

繁忙的驛站
交錯的生命軌道
有人上車
有人下車
有人中途跳車
有人被迫提早下了車

少女拿出小鏡子
粉撲把春天撲上臉
穿制服的人唧唧喳喳
夏蟬飛上了列車
老和尚把秋天的姿勢
打坐成一尊佛
死神戴著嚴冬的面具
在車廂之間走動
尋找獵物

風　從窗外飆過

命運的列車

一古腦兒駛向不可知的未來

（二〇一一年十一月初稿、二〇一二年元月定稿）

（原載《乾坤詩刊》第61期）

最後的腳印
——向甘地致敬

跨出生命最後的玄關

奔向花園

趕赴神祇的邀約

小徑上

有瘦削的身影晃動

如冷風中的枝椏

焦急等候的百姓

圍成黃昏的光圈

刺客按了快門

聖雄的胸腔爆開了紫荊花

受驚的群鴉呼嘯而過

長繭的腳印

終於停止奔波

通向了永恆

當　真理不再是神

成千上萬的子民

還守著落日大道兩旁的飢餓線

逐步退向死亡的幽谷

（二〇一二年二月寫於印度歸來）

（原載《創世紀》第171期）

The Final Footprints
– Homage to Gandhi

by Robert Hu

Crossing the final porch of life,

Running to the garden

For the invitation from the gods,

A slim shadow, shivering

Through the path,

Was like a lonely twig in the cold wind.

The people waiting in anxiety

Encircled a dusk diaphragm,

As an assassinator pressed the shutter.

And out of Mahatma's breast burst rose buds.

Shocked crows cried flapping away,

And the callused footprints

Ceased traveling,

And thus led to the eternity.

Once Truth is no longer God,

Hundreds and thousands of subjects

Still stayed at the starving line by the sides of Sunset Boulevard,

And then receded step by step into the Valley of Death.

(written in February 2012)

浮潛

把飄泊還給旅人
把寂寞還給愁客
把燠熱還給大地
我穿過重重水幕
滑過鮫人的房子　海龜的故鄉
潛入了生命深處的海洋

珊瑚迎我以繽紛的千手
水族飫我以流體的悠閒
美人魚姍姍游過來
以氣泡探詢王子的消息
我捕捉了一陣風
攔截了幾道光
先民遺失的樂園　在海底閃閃發亮

時間彷彿停了擺
風光遁入了永恆
青春的髮茨卻像水草
在生命的海洋

不斷地浮起　又滑落

浮起　又滑落……

浮潛的世界

浮沉的人生

（二〇一一年七月初稿、二〇一二年三月定稿）

（原載《中國語文月刊》第659期）

選擇

我走到了岐路
在諂媚的小徑
與崢嶸的大道之間徬徨

天使與魔鬼
分別從兩端用力拉扯
企圖把我的理智撕裂……

有些事　其實不必費神
當靈感敲門的時候
我毫不猶疑地喚醒沉睡的繆思

至於乘著鳳凰之翼的詩
是否會登上翰林的枝頭
我卻沒有選擇的自由

就像秋天的葉子
無法選擇
何時在冷風中　飄落

（原載《中國語文月刊》第662期）

往琥珀堡的路

載著包頭巾的主人
馱著興致勃勃的遊客
我往返於琥珀堡
陽光從城堡投射過來
又投射過去
一切都沾了琥珀的顏色
從城垛　到我的主人的頭巾
以及往琥珀堡的路

時間是無情的
命運也難以捉摸
烙在崎嶇土地上的蹄印
早被逝水年華沖刷得一乾二淨
人潮一波又一波洶湧而來
尋找舊時堂前的燕子
和響屧裡宮女的歡笑聲

燕語鶯聲已隨風而去
鴿子仍悠閒自在地飛翔

而我琥珀色的夢

卻沾染了點點命運的灰色斑

（二〇一二年二月寫於印度歸來）

（原載《中國語文月刊》第661期）

註：琥珀堡在印度西北的Jaipur

霧與悟

有漏的船隻
擱淺在煩惱的礁石
潮聲是十方席捲而來的霧
沾濕了舟子的衣裳
網住所有的夢
綰住一切的念頭和逃生的路

遠方微弱的燭火
明滅於徬徨的眼眸

海風傳來悠揚的鐘聲
盪脫了霧之網羅
梵唄敲碎心中的礁石
覺者的光是初昇的太陽
點亮千噚的暗房

手持柳枝的引水人
正等待迷航的船隻
登上菩提的彼岸

自煩惱的海洋

自無邊的黑暗

（二〇一一年十二月）

（原載《中國語文月刊》第665期）

少女之死

一座美麗的花園
蜜蜂還沒有來採蜜
蝴蝶還沒有來聞香
就這樣無預警地深鎖了
帶著嗶嗶剎剎的聲響

難道青春的樹必得要落葉
難道夏日玫瑰注定要枯萎
就像飛蛾注定要撲火？

難道
香消玉殞的那一刻
妳淒厲的哭聲
沒有傳到上帝的耳朵？
妳潰堤的淚水
沒有澆熄祝融的怒火？

薄命的紅顏
無辜的少女

如果淚水可以讓坟土長出青草

我願時時到妳的安息之地哀悼

如果春風可以飛灑幸福的種子

那麼　春暖花開的時候

我願佇立在風頭……

（二〇一二年九月寫於Emily逝世週年餘）

（原載《乾坤詩刊》第66期）

咖啡人生

以咖啡杯中的線痕來測量人生
好像用眼睛蠡測大海的深度
用沙漏偵測時間的速度
是很誇張的

但是
咖啡人生畢竟是彩色的
香氣的回憶多半是持久的
啜一口帶苦的咖啡
常有回甘的感覺

無論如何
人生咖啡要慢慢地喝
以免人情冷得太快

因為
冷咖啡可以加熱
但是冷卻的人情
即使用煉獄之火加以煅煉
仍無法使它回溫

況且
在人生的咖啡館裡
續杯是不可能的

（二○一二年五月初稿十一月定稿）

（原載《乾坤詩刊》第66期）

失落的名片

我是友誼賽漏接的　球
被拋入茫茫的寰宇之中
回到家的主人早已忘了我

因為他天真地認為
一記文明的好球
將會被牢牢地接住

比起主人失落的影子
我的命運顯然悽慘許多
雖然我的主人不知道難過

（如果我是迴旋鏢
或許會回到主人的懷抱）

其實我終究會被世人遺忘
就像主人也將被朋友遺忘

既然如此　那麼
就讓我做一顆流浪的
星

或一片飄泊的雪
尋找一個美麗溫馨的落點

（二〇一二年十月寫）
（原載《中國語文月刊》第669期）

輯七

鄉愁：剪不斷的文化臍帶

金瓜寮的那間屋子

板頁給了它造型
楓葉給了它顏色
俳句給了它號碼
相思樹給了它風華

主人隨著落日遠去
遲遲沒有回來
石桌石椅兜在一塊兒
商量如何物色新的屋主

山岩是時間的老人
靜靜地等待著
溪水是嬉戲的孩童
琤琤地跳躍著

金瓜寮啊　我夢中的故鄉

（二〇一〇年九月寫於台北）
（原載《乾坤詩刊》第57期）

註：金瓜寮在台北坪林鄉

鄉愁

畫家朋友說了
鄉愁是思想的
畫筆　牽引了故鄉的一草一木

哲學家朋友說了
鄉愁是哲學的
分支　一直延伸到精神病學的邊緣

老詩人說了
鄉愁如幻影的
隨形　時間的腳步踏碎了兒時的夢

年輕朋友卻說
鄉愁只是寫作的
題材　一種無病呻吟的情懷

可是鄉愁啊
妳為什麼總是乘著月華　潛入
孤寂的文化旅者　不設防的夢土
我不禁這樣問了

（原載《葡萄園》第191期）

合歡 · 山

慾
總在夢的裡面
山
總在路的前面
鳶峰
總是在翠峰的上面

但是也不必急著趕路
冰花謝了
還有雪花呢
冷山白了
還有冷杉呢

朝聖的路上
櫻花正等著另一波寒流
把它們催紅

今夜
月色朦朧

二葉松期盼著新雪
合歡

一座聖山

（二〇一一年元月寫）
（原載《乾坤》第58期）

鹿港小鎮

鹿港不是我的故鄉
我的故鄉沒有電腦桌
也沒有電腦可以上網
我的故鄉沒有華歌爾和施薇爾
也沒有麥當勞和肯德基
我的故鄉沒有夜店

鹿仔港是阮的故鄉
阮的故鄉有神桌仔　泛著杉香與檀香
阮的故鄉有神明保庇
伊的面早就去給香火薰得烏烏
阮的故鄉有查甫郎的店　加查甫郎做衫褲
阮的故鄉有漁舟唱晚　也有那卡西
有好呷的蝦猴和麵線糊　也有牛舌餅和鳳眼糕
船頭行五彩斑爛的鹿皮發出美麗而哀愁的光

鹿港小鎮啊
是一艘歷經風霜的船
停泊於老街和新潮之間

小鎮鹿港啊

是一座古老的鐘

擺盪於廈郊會館與寶島鐘錶行之間

（二○一一年二月寫於鹿港歸來）

（原載《乾坤詩刊》第59期）

註：閩南語「查甫郎」意思是「男士」

異鄉的月

異鄉的月
溜過教堂的尖塔
望著迴廊　失眠的僧侶
來回踱著懺悔的步履
再穿過古老城堡的角樓
無言的黑騎士守著忠貞的誓約

夢遊的月
又從樹梢游過異國的百葉窗
停泊在床頭
搖醒了
遊子一夜的鄉愁

遠方的伊人啊
可曾沐浴同樣的月光
江畔的詩人啊
今夜的月色很濃
風華是否重新綻放

載著幾多鄉愁的

異鄉的月

在雲海裡浮沉

遊子睜大的目瞳

逐漸朦朧起來

（二〇一一年八月寫就，朗誦於同年中秋晚會）

葡萄

乘著天馬
越過沙漠
在漢家的皇苑逗留
染了帝王的顏色
然後飄洋過海
在巨大的峰頂定居
於是美麗的島上有了諸神的美味

嫩綠的葉子
庇護著生命的孔奧
一顆顆綠色的翡翠
等待夏日的豔陽催熟
當桂花趕在霜降之前飄香的時候
一串串紫色的珍珠
就掛滿了秋日的天空

輕咬一口
嬰兒的回憶　母體的溫柔
甜美的汁液是一種幸福的濃稠

可是流入橡木桶的生命之水
卻摻雜了愛情的滋味
琥珀的杯子在夜裡發光
情人的眼神在醉裡迷航……

領聖餐的時候
耶穌的血將會拯救
迷途羔羊的靈魂嗎？

（二〇一一年八月）

（原載《乾坤詩刊》第60期）

布拉格的春天

那一年
妳來到了布拉格
就未曾遠離

革命的甜美果實
落在公園綠色的絲絨上
噴泉欣然飛躍
孔雀自由自在地覓食
從嚴冬解放的人們
依偎在妳的胸懷
說著光陰流動的故事

還有奔放的伏爾塔瓦河
漾著妳紅色的容顏
河上的鷗鳥來回穿梭
不必擔心弋者的矢繳
查理橋上沉默的聖徒
望著人潮　翻滾著嘉年華的狂歡
藝人嘹亮的歌聲
唱出了妳　昔日的風華……

當卡夫卡的鐘擺盪至雙魚座
古城就不在乎秋天的蕭瑟
也會忘懷冬天的酷寒吧

（二〇一一年九月寫於捷克歸來）
（原載《乾坤詩刊》第61期）

哲人之路

哲人蹀蹀的路上
有女隨行
草在沉思
花正昂首
似乎不必帶著鞭子
也可以思索宇宙和人生

山是靜止的波
波是流動的山
生命的終點是寂滅
就像果子成熟了會落地
河流總是奔向大海
但是天荒了地老了會怎樣
那位帶著鞭子的哲學家到哪裡去了
上帝究竟有沒有死亡
宇宙萬物是否不斷地循環

秋天的早上
沿著河邊小山丘的一條路走

遠方來的遊子想著
要不要採擷前方園子裡的禁果

（二〇一一年八月九日寫於海德堡）
（原載《乾坤詩刊》第61期）

畢業生

乳燕的羽毛豐滿了
準備離巢的時候
有嘩啦嘩啦清脆的水聲
遙遠的島嶼
正等待另一個春天

船隻裝滿了新貨
水手升起了帆
該是起碇的時候了
為甚麼船頭老船長的手
還壓著帽沿？

遠方的天空
風雲以閃電的速度變換
漲滿的海潮
遮住了航路的暗礁
迷失方向的海鷗
焦躁不安地繞著呼號

空巢期終究到來

逆勢飛行或乘風破浪

都是一種姿態

他年

新水手進港的時候

會捎來雨燕的訊息嗎？

（二〇一一年十二月）

（原載《乾坤詩刊》第63期）

天體營

新的樂園重現了

在海之畔

在水之湄

歡笑的聲音喧嘩出朵朵浪花

浪花輕吻的肉色柔軟的沙丘

是謫降的星球

在知識之海中翻過身的

鹹魚上了岸

企圖把巧詐蒸發掉

把原罪晾乾

讓肉身成道

上帝的強光

烤焦了所有的慾望

午後的一場雨

打碎了天體的夢想

甦醒的魚重回鹹濕的海洋

卻不再憂傷

只因為　循環是希望的起點

沉淪是昇華的開張

（原載《葡萄園詩刊》）

輯八

醉月湖：等候李白

醉月湖之戀

清晨　妳悄悄地來
裹著一襲透明的薄紗
神祕而困惑的眸子
四周張望　尋覓昨日的風華

慘綠簇擁著　妳翡翠一般的身子
和熟透初開的紫薇紅的雙唇
狂野的黃蟬　求歡者的吶喊
預告了午後的疲憊與酥軟

黃昏的一場雨　妳的心
興奮的顫抖夾著撕裂的痛楚
離別的時刻終於來到
柳條脈脈　挽不住漸漸遠颺的餘暉

今夜
當妳擁著浪花入眠
是否會夢見一彎新月
醉入妳　如貓的雙眼

（一九九九年八月寫於台大）
（原載《翡冷翠的秋晨》詩集）

醉月湖畔的沉思

湖水是清冷的
水鳥知道
垂柳知道
我也知道
因為水鳥不願下水
垂柳與湖面保持距離
湖面上也沒有荷花

湖水是溫溫的
野鴿知道
野鴨知道
我也知道
因為野鴿撲翅滑過湖面
野鴨嘎嘎地唱著歌
湖畔的樹綻開了早春的花

至於湖水溫度怎麼變化
水鳥不知道
垂柳不知道
野鴿不知道
野鴨不知道

我也不知道

就像我們都不知道愛情的溫度如何變化

也許

醉入湖中的月遲早會知道

（二〇一一年元月）

（原載《乾坤詩刊》第59期）

醉月湖之秋

花香遠逝
人聲傳不到
美人樹的落紅也飄不到的
醉月湖　徹底被季節放逐了
至少暫時被遺忘了

秋天的怪手挖空了湖心
說是要尋找李白的詩魂
但是
靈動的水已被汲乾
受困的塵土引不起秋風
月娘也無法攬鏡照著面容

沒有心的秋天也許是好的
至少不會疊成愁
沒有水的湖也壞不到哪裡
至少秋鬢看不到早生的華髮

可春雨是必須的
黃昏是必須的
這樣子

野鴨才能搶先知道湖水已經暖和
柳梢頭的月才能醉飲戀人的絮語

（二〇一一年九月）

（原載《中國語文月刊》第663期）

醉月湖之春

未名湖還沒有解除冷風的咆哮
醉月湖已經唱起了春天的小調

多情的柳絲輕拂乍醒的湖
一如綠裳仙子　婆娑起舞
春風吹過水韭青青
長袍女子撥弄著豎琴　思慕遠方的愛人
杜鵑唱紅了淡淡的三月天
嘉年華就這樣隆重登場
在水之湄　在鳶之尾

黃昏點燃刺桐的火炬
一路紅豔下去
清澈的湖水未飲而先醉
行雲劃下了休止符
遊春的人潮終於停止氾濫

就像天鵝守著天鵝湖
我也在湖邊守著

等候吟誦清平調的詩人

踏月歸來

（二〇一二年三月杪寫於台大醉月湖畔）

（原載《秋水》第154期）

雨中的醉月湖

輕霧一般
雨悄悄地席捲而至
網住了沉醉的湖
水仙在湖面上起舞
綻開的朵朵青蓮
蕩漾著仙樂的幽渺

野鴿子守著和平之屋
黑天鵝滑進了舞池
穿梭在音符與音符之間
迴旋的曼舞　撩撥著樹
也弄皺了天堂的影子

刺桐擎起珊瑚之網
柳絲和水紋合作
把牙買加淡淡的咖啡香
擺渡到湖心

湖心的亭子上
佇立著孤獨的翠鳥
等候吹浪的老魚

今夜
月兒是否找得到回家的路

（二〇一三年元月寫就）
（原載於《海星》第8期）

輯九

草原組曲：蒙古高原的風花雪月

草原之月：
草原組曲之一

跋涉幾千里

來到草原的夢土

在鄂爾渾河畔　蕭蕭的白楊深處

濤濤的松林高處

我終於看到了妳

見證蒼狼子民榮光的妳

八百年的風霜

未曾衰老妳的容顏

妳的溫柔如水

滌淨了我　深沉的憂傷

妳的美麗如昔

解消了我　追尋的迷惘

今夜　萬里無雲

營盤升起了火

馬頭琴拉起了亙古的哀怨

牧民唱出渾厚激昂的歌

草原的今夜屬於妳

美麗的姑娘啊

我心中一盞永不熄滅的燈

（二〇一二年七月廿九日寫於蒙古國的Dreamland）

（原載《秋水》第155期）

高原之花：
草原組曲之二

馬蹄踏過的

車輪輾過的

雪水滋養的高原之花

從山坡一路綻放到河邊

紫羅蘭的　鵝黃的

天藍的與雪白的高原之花

開了又謝　謝了又開

車輪鑿出了

蝴蝶和蜻蜓的逐香之路

來河邊飲水的野馬

因為貪看草原的美色

把自己看成了青色的山脈

定著於無邊草原的花

妝點著氈壁的五彩斑爛的花

帶不走的高原之花啊

沾著珍珠的光

長久綻放於旅人的心坎上

（二〇一二年八月一日寫於蒙古國）

（原載《秋水》第155期）

烏蘭巴托的落日：
草原組曲之三

戀戀不捨的夕陽

暈染了雲山

酥暖了草坡

又越過蘇和巴托廣場

點燃了大道的燈火

土拉河浮起的月亮

張開一邊的耳朵　凝聽

即將隱沒的霞光

金色的嘆息聲

（二〇一二年七月廿六日寫於烏蘭巴托）

（原載《秋水》第156期）

沙丘之女：
草原組曲之四

風與沙合力雕塑的高原美女
靜靜地橫陳在山腳下
陽光照射的粉嫩肌膚
閃著琥珀的光

羊群走過
未曾皺皺伊人的曲線
駝鈴響過
未曾驚動伊人的眼簾

我輕輕地撥開沙子
就像風溫柔地撥開貼身的紗麗
沙丘之女於是帶著風的微笑
姍姍地走入我的夢中

（二〇一二年七月廿八日寫於蒙古的Bayan Gobi）

（原載《秋水》第156期）

鄂爾渾河的風：
草原組曲之五

風從天際吹來

風從谷地吹來

吹過微濁的河水

吹起了旅人的衣袂

也吹起了馬頭琴的嗚咽

風從山嶺吹來

風從草坡吹來

吹過滔滔的河水

吹醒了帝國的夢

卻吹不醒歸營的號角

河水奔流不息　　向遠方

涼風吹拂不斷　　向白楊

白楊樹下有歌聲傳出

滿臉風霜的旅人啊

旅途漫漫　　歸宿在何方

（二〇一二年八月寫於蒙古歸來）

（原載《秋水》第156期）

追尋野馬：
草原組曲之六

天蒼蒼是白雲的路

野茫茫是牛羊的家

車子奔馳在蒼茫之間

追逐落日

追尋不羈的野馬

激起的黃沙

給風吹到了山凹深處

　傳說

　山凹深處　　曾經

　駿馬嘶鳴　雪花飄落……

午後的一場雨

迸出了青草

綻開了五顏六色的花

狂風停止追尋

牧民凝望著天空

天邊的一道彩虹

可是野馬回家的路？

（二〇一二年七月初稿八月定稿）

（原載《秋水》第157期）

阿爾泰的雪：
草原組曲之七

這雪
來得有點突然
不是從天空飄落
也不從山溝滑落
只是雪白肌膚的女子
從白色的蒙古包
姍姍地走過
臉上泛著高原的紅
像早開的紅萼

雪之子
姍姍地走過
走過晶晶的草原
走過潺潺的溪流
走入我的夢中
把夢染成一片雪白
雪白之中有金鷹飛過

恰娑啊

夢醒的時候

我願意騎著白馬

進入妳的懷中

傾聽妳的心跳

看著崩雪的春天的腳

如何從金山山麓

一路爬升到山腰

（二〇一二年九月）

（原載《秋水》第157期）

輯十

邊緣人：在消失的地平線

縴夫之歌

縴挽著千年的繩索
背負著命運的枷鎖
我們低首踉蹌
奮力地攀登上游
除了芒鞋和自尊
我們身無一物
不論炎夏或寒冬
不管秋晴或春霧

生命的汗水
已流入無情的湍溪
吆喝的聲音
已跌入空蕩的山谷
命運重壓著我們的身軀
我們還是不回頭
用意志縴挽著　命運之舟

河神啊
當我們老去的時候

請將身影貼在陡峭的岩壁上

看著我們的後代

一步步地擺脫

命運的糾葛

（二〇一〇五月一日寫，獻給神農溪畔的縴夫）

（原載《秋水》第148期）

The Song of Boat Dragsmen

by Robert Hu

Dragging the rope of thousand years

Bearing the shackles of Fate

We forcibly drag the boat upstream

Bending our heads and walking with a waddling pace

We have nothing upon us

Except straw sandles and pride

Whenever in hot summer or freezing winter

In clear autumn or foggy spring

The sweat and essence of our lives

Have streamed into the merciless creek

And the yelling rhyme of ours

Has fallen to the vacant valley

Though the destiny heavily presses our bodies

We pull the Boat of Fate with strong will

And strive to march forward along the strand

Oh, God of River!

Please attach our shadow on the cliffside

When we get older and passing away

We will watch our promising descendents

Get rid of the entanglements of Fate step by step

(To the boatsmen of Shennong Creek,

written on May 1st, 2010)

盲眼女歌手

寒冷的冬天

太陽躲在雲端瑟縮

枯葉在冷風中飄落

廟埕前的女歌手

婉轉唱出幽怨的曲子

從夢醒時分唱到星夜離別

唱到天空都掉了眼淚

（再見　我的愛人

雖然我的雙目已盲

雖然我再也看不到你的臉龐

我仍然噙著梨花淚為你歌唱

一直到我生命的冬天的最後一夜

一直到春天從你幽暗的心底浮起）

盲眼女歌手的身子

在寒冷中顫抖

悽楚而哀怨的歌聲

在風雨中飄搖

（生命的春天啊

你在何方

呢喃的燕子啊

何時返航）

顫抖的歌聲啊

一直在我的心中迴盪……

（二○一一年元月寫於台北）

（原載《葡萄園》第190期）

171

艋舺的哥兒們

太陽總是遲到
月光也不愛憐的地方
無情的社會早就把我們拋棄
我們也暫時把紅塵忘記
我們是無名的邊緣人
在大城市的陰暗角落裡苟活

一團破布幾個碗盤
是我們僅有的家當
我們沒有席夢思
也沒有夢
微弱的星光有時候照著我們
蜷伏的身軀和猙獰的刺青
我們沒有明天

末路的英雄
偶然和飛過的鶯鶯燕燕
成就一段露水福證的姻緣
我們以真情代替誓言
以濡沫代替結婚證書

冷風如刀

卻在我們歷經霜雪

老得像古老斑駁城牆的皮膚上

劃割不出任何偉大的傷痕

我們早已忘記刀光血影忘記榮與辱

可是　艋舺的大善人們

請多開流水席

這是我們最大的要求

也是你們對我們的微薄的補償啊

（二〇一一年七月）

（原載《葡萄園》第192期）

高貴的野蠻

山栗是春天的花
開出了滿倉的小米
利箭是狂野的風
射倒了山豬和麋鹿
獵刀是舞秋的蛇
飛飲了敵人的鮮血
突襲是初冬的霧
遮掩了太陽的升起

勇士紋黑的臉上
閃著凱旋爝火的光……

子彈卻穿透偉大的胸膛
砲火燃燒了草寮
文明的怪手伸入獵場
再昇的太陽如刀
收割了野蠻的驕傲
馬赫坡的英雄
有的飄浮在半空中
像秋天的落葉

有的跌入湍急的溪水
像一滴滴的血淚

傷痕累累的山上
彩虹的彼端　寂寞的祖靈
還等著高貴的戰魂歸來

（二〇一一年十月寫，獻給賽德克的勇士）
（原載《葡萄園》第193期）

拾荒者

老婦人佝僂的身子
背著沉重的簍筐
就像當年的襁褓　甜蜜的負擔
簍筐裡裝著破銅爛鐵
和別人任意丟棄的東西

枯瘦的雙手
撿拾皺皺如膚的紙
那些可以換成銀子的紙
撿拾荒廢的光陰
那水中的碎金
雖然青春已經喚不回

（再過幾天孫子會回來）

日落的身子拉得很長很長
但是背影還不算淒涼
因為大地的床溫暖了孤獨的脊梁

也許垃圾堆成的金山

會在夢裡發光吧

（二〇一一年十一月）

（原載《秋水》第153期）

穿招牌的人

做不成嚇唬麻雀的稻草人
也未能修成結跏趺坐的肉身菩薩
只好把豪宅穿掛在身上當招牌
佔據大馬路的小角落
吸引行人的目光
可是　長久滯銷的時間
卻把他站成一尊雕像
一尊欲言又止的活雕像
靈魂在風雨中顫抖

（二〇一二年二月寫）
（原載《乾坤》第64期）

流浪教師

不是候鳥
一心等候季節的呼喚
也不是弄潮兒
恣意玩弄癡情的浪花
只是無根的飄萍
在風的旋轉門
轉進又轉出

杏壇下的杏樹結不出果實
滿園的桃李也兜不起春意
落魄的書生
只能拖著沉重的行囊
踉蹌於逐漸枯竭的江湖
孑然的身影被時光之輪輾碎

一夜的雨能滋生多少的春草
十年的燈能度化多少的飛蛾
霜雪在漸短的髮鬢間尋找位置

汗水和著淚水
無奈地在皺紋與皺紋之間流浪

可流浪不是必然的
當蠟燭停止流淚的時候
誰來終止傳火者　無謂的流浪

（二〇一二年元月書寫獻給全國的流浪教師）
（原載《中國語文月刊》第660期）

獨醒的泳者

風聲　追逐風聲
水波　激揚水波
徬徨的旅者
在水中尋覓
當年跌落濁流的影子

船隻已迷航
魚在時間之河的一方
來回地逡巡
尋找舟子失落的槳

混濁的河水等待清澈
沉醉的乘客等待甦醒
孤伶伶的泳者
兀自醒著魚的眼睛
在命定的水域
來回地游著　泳著

（二〇一一年十一月）

（原載《海星》第4期）

挑伕

要知道鐵犁有多沉
去問問農夫臉上重疊的皺紋
要知道扁擔有多重
去問問挑伕肩膀上厚厚的繭
要知道愛情有多偉大
就去問那一位揹著沉重的洗衣機
翻山越嶺的挑伕吧

一步步的腳印
踩在蜿蜒狹仄的碎石路上
一顆心懸宕於
萬丈深淵與千縷柔情之間
汗水從額頭從身軀　流入雅魯藏布江

挑伕啊
你背負著必須承受的重
而我　一個搖羽毛筆的人

卻挑起了難以承受的輕
那傳播詩歌種子的大業

（二〇一二年五月書寫，
獻給那位揹著洗衣機翻越喜馬拉雅山的挑伕）
（原載《海星》第5期）

藍騎士

澎湃的月色
是寧靜的交響樂
瀰漫傳說的森林如海
海上藍騎士出鞘的永恆之劍
發出仁慈而憂傷的光芒
閃著神祕的隱喻

可此地已無風車
也無寧芙仙子
惡魔躲在眾聲喧嘩的夜之殿
張開淫穢血紅的狼眼
窺伺無辜且無知的少女
騎士藍色的憂傷
深化成黑色的憂鬱

時間是發光的流水
映著每一個心靈的窗口
迷失在象徵森林的行吟者
卻找不到意象的出口
一直到靈動的時刻

藍騎士灑下晶瑩剔透的淚珠

從澄明神智的天空

（二〇一二年九月寫於陽明山歸來）

（原載《新文壇》第30期）

Der Blaue Reiter

Von Robert Hu

In den Wogen des Mondscheins

Liegt eine stille Symphonie

Ein Wald voller überfließender Legenden gleicht dem Meer

Der blaue Reiter auf dem Meer zieht das Schwert aus der Scheide

Erleuchtet mit einem Lichtstrahl voller Güte und Gram

Des aufblitzenden Geheimnises Metapher

Hier gibt es keine Windmühlen mehr

Auch keine Nymphen

Dämonen verbergen sich hinter den Hörern Krach im Palast der Nacht

Es öffnen sich obszöne rote Wolfsaugen

Sie lauern auf unschuldige, unerfahrene Mädchen

Des blauen Reiters Gram

Vertieft sich in schwarzem Trübsinn

Zeit ist eines Lichtscheines Fluß

Scheint auf jedes Seelenfenster

Verirrt im Symbolwald des Aufsagers

Kann er seiner Vorstellungs Ausgang nicht finden

Bis zu einem erleuchtendem Augenblick hin

Vergießt der blaue Reiter funkelnd glitzernde Tränen

Vom kristallklaren, gottweisen Himmel

(Written in Sept. 2012)

讀詩人43　PG1093

 聖摩爾的黃昏
　　　——胡爾泰詩集

作　　者	胡爾泰
責任編輯	劉　璞
圖文排版	詹凱倫
封面設計	陳怡捷

出版策劃	釀出版
製作發行	秀威資訊科技股份有限公司
	114 台北市內湖區瑞光路76巷65號1樓
	電話：+886-2-2796-3638　傳真：+886-2-2796-1377
	服務信箱：service@showwe.com.tw
	http://www.showwe.com.tw
郵政劃撥	19563868　戶名：秀威資訊科技股份有限公司
展售門市	國家書店【松江門市】
	104 台北市中山區松江路209號1樓
	電話：+886-2-2518-0207　傳真：+886-2-2518-0778
網路訂購	秀威網路書店：http://www.bodbooks.com.tw
	國家網路書店：http://www.govbooks.com.tw
法律顧問	毛國樑　律師
總 經 銷	聯合發行股份有限公司
	地址：231新北市新店區寶橋路235巷6弄6號4樓
	電話：886+02+2917-8022　傳真：+886-2-2915-6275

出版日期	2014年1月　BOD一版
定　　價	230元

版權所有・翻印必究（本書如有缺頁、破損或裝訂錯誤，請寄回更換）
Copyright © 2014 by Showwe Information Co., Ltd.
All Rights Reserved

Printed in Taiwan

國家圖書館出版品預行編目

聖摩爾的黃昏：胡爾泰詩集 / 胡爾泰著. -- 一版. -- 臺北
市：釀出版, 2014.01
　　面；　公分. -- (讀詩人；43)
　BOD版
　ISBN 978-986-5871-76-5 (平裝)

851.486　　　　　　　　　　　　　102025336

讀者回函卡

感謝您購買本書,為提升服務品質,請填妥以下資料,將讀者回函卡直接寄回或傳真本公司,收到您的寶貴意見後,我們會收藏記錄及檢討,謝謝!如您需要了解本公司最新出版書目、購書優惠或企劃活動,歡迎您上網查詢或下載相關資料:http:// www.showwe.com.tw

您購買的書名:_____

出生日期:_____年_____月_____日

學歷:□高中 (含) 以下　　□大專　　□研究所 (含) 以上

職業:□製造業　□金融業　□資訊業　□軍警　□傳播業　□自由業
　　　□服務業　□公務員　□教職　　□學生　□家管　　□其它_____

購書地點:□網路書店　□實體書店　□書展　□郵購　□贈閱　□其他

您從何得知本書的消息?

　　□網路書店　□實體書店　□網路搜尋　□電子報　□書訊　□雜誌
　　□傳播媒體　□親友推薦　□網站推薦　□部落格　□其他_____

您對本書的評價:(請填代號　1.非常滿意　2.滿意　3.尚可　4.再改進)

　　封面設計____　版面編排____　內容____　文╱譯筆____　價格____

讀完書後您覺得:

　　□很有收穫　□有收穫　□收穫不多　□沒收穫

對我們的建議:_____

_____

_____

_____

請貼
郵票

11466
台北市內湖區瑞光路 76 巷 65 號 1 樓

秀威資訊科技股份有限公司　　　收

BOD 數位出版事業部

....

（請沿線對折寄回，謝謝！）

姓　　名：＿＿＿＿＿＿＿＿＿　　年齡：＿＿＿＿　　性別：□女　□男

郵遞區號：□□□□□

地　　址：＿＿＿＿＿＿＿＿＿＿＿＿＿＿＿＿＿＿＿＿＿＿

聯絡電話：(日) ＿＿＿＿＿＿＿＿＿＿　(夜) ＿＿＿＿＿＿＿＿＿＿

E-mail：＿＿＿＿＿＿＿＿＿＿＿＿＿＿＿＿＿＿＿＿＿＿